AF455836

LA

# CREATION

*EN VERS*

PAR THÉODORE BROCHIN

*LYON*
IMPRIMERIE LOUIS PERRIN
Rue d'Amboise, 6

M D CCC LXV

# LA CRÉATION

LA

# CREATION

*EN VERS*

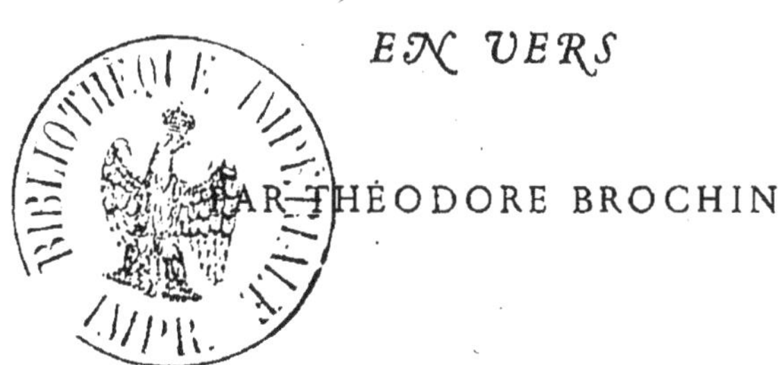


PAR THÉODORE BROCHIN

*LYON*

IMPRIMERIE LOUIS PERRIN

Rue d'Amboise, 6

1865

# AVANT-PROPOS

Chers lecteurs, avant tout, permettez que j'expose
Pourquoi j'écris en vers au lieu d'écrire en prose.
Pour moi, c'est un calcul et non pas un travers ;
Car ma muse prétend que, résumés en vers,
Ces arides sujets sont plus courts et plus clairs ;
Qu'empruntant plus de charme aux formes poétiques,
Ils sont plus gracieux et bien plus sympathiques
Au lecteur éclairé, que captive et séduit
Ce qui flatte l'oreille et s'adresse à l'esprit ;
Qu'ils fatiguent bien moins et lecteur et lectrice ;
Que vous dirai-je enfin? subissant son caprice,
De la création que Moïse décrit,
Sous un jour tout nouveau, j'entreprends le récit.
Tenez compte, en scrutant la raison et la rime,
Du sujet qui m'occupe et du but qui m'anime ;
J'ai voulu, mais sans doute avec témérité,
Combattre la tendance à l'incrédulité,
En mettant en rapport la foi de notre Eglise,
Avec la vérité par la science acquise.
Et d'abord, bien qu'un nom que l'Eglise employait,

Soit différent du nom dont se sert la science,
Qu'importe, si chacun est dans la confiance,
Qu'ils expriment tous deux un seul et même objet.
Ainsi, l'esprit de Dieu, le fluide électrique,
L'âme du monde, ou bien l'esprit générateur,
La lumière, la vie et la force plastique,
Qu'est-ce que tous ces noms, d'une même valeur,
Sinon l'attraction, cette force invisible
Qui groupe en corps divers les atomes entre eux,
Pour produire et le rendre à nos yeux accessible,
Le merveilleux tableau de la terre et des cieux?
C'est ainsi que longtemps la Genèse, incomprise,
Semblait avec les faits en contradiction,
Faute d'avoir compris la langue de Moïse,
Nous peignant le tableau de la création.
La science, aujourd'hui, marche d'un pas rapide
Vers la solution de ce problème aride,
Et déjà maint savant considère avérés
Les faits par la Genèse en ces mots révélés :

# LA CREATION

## PREMIER PROPOS

*Exposition et appréciation des faits.*

« Dieu créa dès l'abord et le ciel et la terre,
« Mais la terre était vaine, était élémentaire; »
C'était de la matière à l'état primitif,
Dans un complet repos et sans principe actif.
« Les ténèbres étaient au-dessus de l'abîme,
« Et par-dessus les eaux était l'esprit de Dieu. »
Telle est, comme au néant, tant que rien ne l'anime,
La semence enfouie en un aride lieu.
« Puis Dieu fait la lumière et semble se complaire
« Dans l'excellent effet que cette œuvre produit :
« Des ténèbres, alors, séparant la lumière,
« De l'une il fait le jour et des autres la nuit. »

L'expression de jour, du travail est l'emblème,
Et celle de la nuit correspond au repos ;
La lumière, en effet, dès cette heure suprême,
Va, sous les yeux de Dieu, commencer ses travaux,
Va d'électriques feux embraser la matière,
Va composer les corps, leur ouvrir la carrière
De cette œuvre d'amour qu'on nomme affinité,
Et par son mouvement provoquer la clarté.
Telle est l'œuvre d'un jour, ou première série
Des travaux accomplis, antérieurs à la vie.
« Puis Dieu dit : Qu'il soit fait un ciel ou firmament. »
Et des gaz échappés du travail qui s'opère,
Les uns restant gazeux, d'autres se condensant,
Ceux-ci forment les eaux, les autres l'atmosphère,
Et chaque composé devient un élément,
Qui vit alors qu'encor la terre est au néant.
Après ce second jour de la cosmogonie,
« Dieu dit : En un seul lieu que l'eau soit réunie,
« Que le sec apparaisse ; » Et le soulèvement
Que provoque la roche en se cristallisant,
Produit des mouvements d'inégale énergie,
Qui font à la surface un dénivèlement ;
Les mers furent les fonds où les eaux s'assemblèrent,
La terre les hauteurs qu'elles abandonnèrent.
« Et Dieu reconnaissant que l'œuvre est à son gré,
« Que la terre produise et les herbes de pré

« Et les arbres fruitiers, chacun portant semence,
« Dieu dit, et sur la terre, à son ordre, commence
« Le règne végétal qui surgit à son tour,
« Et cela s'accomplit dans le troisième jour ;
« Après, Dieu dit encor : Que soient faits luminaires
« Au firmament du ciel et qu'ils soient solidaires
« Pour gouverner le temps. » Et par attractions
Dieu fit que le soleil, les étoiles, la lune,
Eurent avec la terre une marche commune,
Qui mesure les ans, les heures, les saisons.
« Dieu lui-même admira cette voûte étoilée
« Dont le ciel s'embellit la quatrième journée.
« Après, Dieu dit encor : Que naissent sous les eaux
« Reptiles et poissons, ayant âme vivante,
« Que sur terre et dans l'air surgissent les oiseaux,
« Et pour perpétuer cette race naissante,
« Les béniffant, il dit : Croissez, multipliez !
« Dans le cinquième jour ces faits se sont passés,
« Et le sixième jour, Dieu créa les reptiles
« Qui rampent sur la terre, et les êtres divers
« Qui ne font leur séjour ni des eaux, ni des airs ;
« Et pour lors, satisfait de ces œuvres utiles,
« Faisons l'homme, dit-il, et l'homme fut créé ;
« C'est là sa dernière œuvre et Dieu s'est reposé. »

# DEUXIÈME PROPOS

*Résumé, concordance de la classification génésiaque avec la classification géologique.*

FLUIDES IMPONDÉRABLES

Six époques ainsi forment l'âge du monde;
A la première, Dieu fit sortir du néant
La matière première à son état latent;
Puis, lui donnant pouvoir de devenir féconde,
Celle-ci mit au jour, dans sa fécondité,
La chaleur, la lumière et l'électricité;
Les trois premiers produits, simples, impondérables,
Fluides, non gazeux, actifs, mais impalpables,
Dont Moïse et Jésus font une trinité,
Qu'ils résument ainsi : lumière ou vérité.

CORPS PONDÉRABLES.

*métalloïdes.*

A la seconde époque, il survint les fluides
Pondérables, gazeux, nommés métalloïdes
Dont les plus répandus forment l'air et les eaux.

*métalliques.*

La troisième engendra, sous formes atomiques,
Le règne minéral ou les corps métalliques,
Eléments primitifs des roches, des métaux,
Que Moïse résume en langage biblique
Par le simple mot *sec*, ce synonyme unique
De ce que nous nommons règne des minéraux.

En effet, quand Dieu dit : « Que le sec apparaisse ! »
La surface obéit à l'effort qui la presse,
Et l'effort, c'est la roche en se cristallisant
Qui fait subir au sol un double mouvement :
D'une part, un retrait d'où le terrain s'abaisse
*règne végétal.*
Et se recouvre d'eau ; d'autre, un soulèvement
D'où le sol, exondé, devient un continent,
Et ce sol exondé, se couvrant de verdure,
Au règne végétal emprunte sa parure.
A la quatrième époque, un splendide appareil
D'astres étincelants de grâce et de lumière
Fait cortége à la terre, et chacun d'eux l'éclaire,
Pendant la nuit la lune, et le jour le soleil.
*règne animal.*
A la cinquième, Dieu, par ordre élémentaire,
En êtres animés peuple l'eau, l'air, la terre,
*l'homme.*
A la sixième, enfin, terminant ses travaux,
Dieu fait l'homme et la femme, et se livre au repos.
Et si nous résumons, des corps de la nature,
L'ordre chronologique et leur nomenclature,
Les fluides, les gaz, le règne minéral,
Le règne végétal et le règne animal,
Nous voyons la Genèse en parfaite harmonie
Avec les faits classés par la géologie,
Qui doit sa découverte à des travaux récents,
Quand le texte sacré date de trois mille ans.

## TROISIÈME PROPOS

*Réfutation de l'incandescence originelle de la terre.*

Si, pour l'ordre des faits, Moïse et la science
Sont en parfait accord, ils sont en dissidence
Quant à la provenance ou la source des faits,
Pour la cause première et ses premiers effets.
Parfois, pour expliquer l'origine des choses,
Dans un fait impossible on va chercher les causes ;
Ainsi, tel du ſoleil fait un foyer ardent,
Et prétend que la terre est un éclat brûlant
De ce globe de feu ; que, courant effarée,
Une comète un jour au soleil s'est heurtée,
Que de ce choc affreux la terre résulta,
Que celle-ci s'éteint et se congèlera.
Heureusement pour nous que ce rêve effroyable,
Aux yeux d'autres savants, n'est qu'une pure fable,
Et que, grâce aux rapports de l'illustre Arago,
Le soleil, sans chaleur est fait de terrre et d'eau.
Ainsi chacun explique avec son hypothèse
L'origine du monde, alors que la Genèse,
Avec simplicité, sans phrases, sans détours,
Raconte les produits de chacun des six jours.

C'est sa simplicité qui fait qu'on la repousse,
Cette histoire du monde érigé sans secousse,
Sans comète effarée entamant le soleil,
Sans terre à feu central ou système pareil,
Mais, par le seul effet des atomes du monde,
Se groupant en raison de leur affinité,
Chacun d'eux recherchant, dans l'amour qui l'inonde,
L'atome vers lequel il est sollicité.
C'est que l'esprit de Dieu, dans sa toute-puissance,
D'un amour infini saturant toute essence,
Suivant son but final, sa destination,
Fit une seule loi, la loi d'attraction.
C'est cette vérité qu'avait compris Moïse,
C'est la foi de Jésus, c'est la foi de l'Eglise,
Qui, l'appliquant à tout, même à l'humanité,
N'a qu'une seule loi, la loi de charité.

## QUATRIÈME PROPOS

---

*Vie des corps bruts, par analogie avec la vie des corps organisés.*

Pourrait-on objecter à cette théorie
Qu'aux roches, aux métaux, aux corps inanimés,
Trop gratuitement elle prête la vie,
Privilége exclusif des corps organisés?
Pourtant le privilége a perdu son prestige,
La vie a des aspects qu'on ne voit pas toujours.
Les plantes que nos yeux voient grandir sur leurs tiges,
Qu'on voit naître ou mourir, dont on sait les amours,
N'ont point des animaux les allures actives
Et n'en vivent pas moins quoique végétatives.
Et les roches, alors que notre œil impuissant
N'y voit rien qui rappelle un principe vivant,
Nous leur refusons tout : désir et sentiment;
Leur vie et leurs amours, pour nous être voilées,
N'en existent pas moins et nous sont révélées
Dans le laboratoire, et de leur propre aveu,
Soit par la voie humide ou par celle du feu.
Le chimiste qui sait leur goût, leur préférence,
Les choisit à son gré, puis les met en présence,

Et par des réactifs excitant leurs penchants,
Les provoque à changer de forme et d'éléments.
Quand les corps ont ainsi désir et sympathie,
Leur refuserez-vous le bienfait de la vie ?
Et bien que leurs besoins n'affectent pas nos sens,
Pour être aussi discrets, en sont-ils moins vivants ?

# CINQUIÈME PROPOS

*Réfutation de la chaleur centrale et des preuves que l'on tire des volcans et de la chaleur croissante des puits.*

Il est encor des faits dans cette œuvre biblique
Qui pourraient laisser prise à l'amère critique;
Je vais pour la combattre, à défaut de talents,
Dans la simple raison puiser mes arguments.

Tel qui plaide en faveur de la chaleur centrale,
Invoque les volcans, invoque l'eau thermale,
Le creusement des puits qui, dans leur profondeur,
D'un degré par cent pieds augmentent de chaleur,
Et de ces faits connus il explique la cause
Par l'effet inconnu du foyer qu'il suppose.
Mais ne pourrait-on pas, par d'autres erremens,
Expliquer l'eau thermale, expliquer les volcans,
Expliquer la raison qui, depuis la surface,
Fait croître en profondeur la chaleur de l'espace?
Or, l'électricité que dégagent les corps,
Quand on les met ensemble et dans certains rapports,
En présence de l'eau que ces corps décomposent,

Ne produit-elle pas des effets qui reposent
Sur le même principe, et peuvent expliquer
Les thermes, les volcans, leur cause et leur foyer?
Si l'on pétrit dans l'eau la limaille et le soufre,
Qu'on en fasse une pâte et la mette en un gouffre,
Recouvert par le sol suffisamment tassé,
Le mélange s'échauffe, et bientôt, crevassé,
Le sol qui le couvrait cède au gaz qui le pousse,
Produit un tremblement ou légère secousse,
Et dégage aussitôt de bleuâtres vapeurs,
A l'instar des volcans à grandes profondeurs.
Et pour citer un fait qui, tous les jours, se passe
Sur un plâtre de mine où le charbon s'entasse,
Du menu, qui contient des pyrites de fer,
S'échauffe lorsque l'eau le pénètre et le mouille,
Et bientôt l'on verrait s'enflammer cette houille,
Si l'on ne donnait pas accès aux courants d'air.

Pourquoi donc inventer la chaleur intérieure,
Quand d'aussi simples faits se passent sous nos yeux?
La cause la plus simple est toujours la meilleure
Pour qui ne cherche pas l'éclat du merveilleux.
Quant à l'accroissement de la température,
La loi des profondeurs est changeante et peu sûre ;
Les résultats trouvés, en Saxe notamment,
Ont varié, parfois, d'au moins trente pour cent ;

Mais fût-elle constante, il suffit, pour détruire
Ce qui dans cette loi peut frapper et séduire,
De procéder par elle et par comparaisons,
Entre les résultats de plusieurs horizons.

De l'horizon des mers, ou niveau du rivage,
Si l'on sonde au-dessous des plus profondes eaux,
Si du même niveau, si de la même plage,
On s'élève au-dessus des sommets les plus hauts,
On mesure à peu peu près une distance égale :
Vingt-cinq mille pieds de hauteur verticale,
Et du bas-fond des mers à ces sommets altiers
On comptera dès lors cinquante mille pieds.
Ces faits étant acquis, faisons par la pensée
Un sondage d'autant sur la cime élancée
Du mont Himalaya; ce sondage profond
Donnera la chaleur où la roche se fond,
Et nous aurons deux points : le fond de ce sondage
Et le fond de la mer, placés au même étage,
Ou relativement sur le même niveau,
L'un à six cents degrés, le second à zéro.
Le contraste est frappant, et la preuve évidente
Qui ressort sans effort de ce fait anormal,
C'eſt que la loi Cordier, sur la chaleur croissante,
Puise sa cause ailleurs que dans le feu central.

Lorsque l'on creuse un puits, l'eau des parois découle
Et se rend dans le fond, d'où plus tard la refoule
La pompe qu'on y place et qui prend l'eau du bas,
Comme si des parois il n'en découlait pas;
Plus on creuse le puits, plus le volume augmente;
On pourrait en déduire une loi progreſſante
Sur la quantité d'eau qu'on trouve en profondeur,
Et faire pour les eaux comme pour la chaleur,
Inventer un système où la terre fluide
Ne serait plus en feu, mais à l'état liquide,
Et s'appuyer de plus sur les puits jaillissans,
Ainsi que l'on procède au moyen des volcans.

De même que les eaux des parois rejetées
Sont dans le fond du puits par leur poids entraînées,
De même la chaleur provenant des parois
Peut, en obéissant à de certaines lois,
Se rendre au fond du puits, y devenir latente
Et sans cesse, aux dépens de la chaleur naissante,
S'accroître et devenir l'argument mensonger
Des fougueux partisans de l'immense foyer.
La terre a dans ses flancs des courants électriques,
Causes ou résultats de changements chimiques,
Et tous ces changements ou ces combinaisons,
De la chaleur produite expliquent les raisons.
Et quand on fore un puits, la chaleur dégagée

Par chacun des cent pieds dont la terre est creusée,
Représente un degré qui se mêle et s'adjoint
Aux degrés dégagés au-dessus de ce point;
Cette chaleur, alors, s'accumule et conserve,
Grâce à l'affinité, les degrés qu'on observe
Quand on veut éprouver la loi des profondeurs,
Et c'est ce qui trompa tous les observateurs
Qui prirent pour l'état de la température
De ce niveau du sol, ce qui n'est la mesure
Que de ce fond de puits, où, faute de courant,
La chaleur comme l'air vont en se condensant.

Je repousse la cause et maintiens le système;
La loi des profondeurs reste toujours la même
Et permet d'espérer d'immenses résultats,
Si dans l'art de sonder on fait de nouveaux pas.
Revenons aux volcans, supposons la nature
Faisant subir au sol une longue fissure,
Et que de l'eau pénètre en cet antre béant,
N'aurez-vous pas alors la cause d'un volcan,
La possibilité d'une source thermale,
Sans ce fait menaçant de la chaleur centrale?
Cette immense chaleur, dont le moindre danger,
Pour qui respecte Dieu, serait de l'outrager,
Car tout ce que Dieu fit, il le fit solidaire
De la loi d'équilibre et de stabilité.

Or, quoi de plus instable et quoi de plus contraire
Aux lois de la raifon que la fluidité
S'unissant dans le globe à sa porosité ?
Quoi de moins raisonnable et de plus téméraire
Que soumettre le globe au poids d'un atmosphère,
Réduire presque à rien son sol peu résistant,
Et pour faire équilibre à la force extérieure,
Supposer à ce globe à foyer permanent,
Deux cent mille degrés de chaleur intérieure ?
C'est aller au-delà de la témérité,
C'est braver la raison, blesser la vérité.

# SIXIÈME PROPOS

---

## *Longueur des jours de la Création.*

Je ne veux rien laisser du récit de Moïse
Qui puisse à la critique offrir la moindre prise,
Aussi vais-je expliquer la longueur des sept jours
En demandant au Ciel l'appui de son secours.
Grand Dieu, répands sur moi ta grâce et ta lumière!
Fais, disais-je, ô mon Dieu, que ton esprit m'éclaire!
Annihilant mon corps et m'inondant de foi,
Je demandais à Dieu les secrets de sa loi.
Je viens à peine au ciel d'adresser ma prière,
Le front dans mes deux mains dont je voile mes yeux,
Que l'esprit allégé du poids de la matière
Je crois quitter la terre et m'élever aux cieux.
Soit rêve ou vision, une clarté soudaine
Illumine l'espace où mon rêve m'entraîne,
Et mon esprit, plongé dans l'éther lumineux,
Savoure dans l'extase un tableau merveilleux.
Là, de parents chéris, d'une épouse adorée,
Là, d'un frère et d'amis chers à mes souvenirs,
Les traits faits de rayons de matière éthérée
Entourent mon esprit et comblent mes désirs;

Mes désirs, car du jour où leur âme envolée
Aux chagrins a voué mon âme désolée,
Je ne fis plus qu'un vœu, dicté par la douleur,
Celui de les revoir dans le sein du Seigneur.
Leurs traits, quoique noyés dans un rayon de gloire,
Frappaient plus mon esprit qu'ici-bas ma mémoire,
Et transporté d'amour pour ces êtres perdus,
Je bénissais le Ciel de les avoir revus,
Quand tout rentra dans l'ombre et qu'une voix amie,
La voix d'un père aimé que jamais on n'oublie,
M'entretint en ces mots : — « Mon fils, rappelle-toi
« Les leçons qu'à vingt ans tu recevais de moi;
« Dieu n'a fait qu'une loi pour gouverner le monde,
« Loi qui forme les corps, les unit, les féconde,
« Que dans l'ordre physique on nomme affinité,
« Et dans l'ordre moral amour ou charité.
« En vain entasse-t-on système sur système,
« Sous des noms différents et principes divers,
« Il n'en est qu'un de vrai, la vérité suprême,
« C'est que l'affinité gouverne l'univers;
« Que l'univers entier, gaz, fluide ou matière,
« N'a qu'un point de départ, une source première,
« La volonté de Dieu, son souffle, sa lumière,
« Qui, quel que soit son nom, mise en vibration,
« Subit la même loi dès la création.
« Ce qu'on voit aujourd'hui, du passé peint l'image,

« Et ce qui fut jadis peint pour nous l'avenir.
« Ainsi que tout se meut, les mers vont d'âge en âge,
« Du levant au couchant refoulant le rivage,
« D'une part délaisser et de l'autre envahir.
« Ainsi se modifie, en se mouvant sans cesse,
« La surface du sol, qui s'élève ou s'abaisse,
« Au gré de l'équilibre ou de la gravité,
« En raison des besoins de la stabilité.
« Le pôle aussi se meut, l'angle de l'écliptique
« Se réduit ou s'accroît, et le nord magnétique,
« Séparé du nord vrai par un angle changeant,
« Oscille autour de lui du levant au couchant.

« De tous ces mouvements chacun est solidaire,
« Et tous les arcs décrits ont des rapports constants.
« La mer couvre à leur tour l'un et l'autre hémisphère,
« Et fait le tour du globe en vingt-cinq mille ans.
« Le pôle a pour effet, dans sa marche constante,
« De donner aux saisons un mouvement pareil
« En retardant l'instant où la saison suivante
« Devra mettre d'accord son signe et le soleil.
« Le pôle se mouvant, le nord vrai se déplace,
« Bien que, fixe à nos yeux, du pôle il suit la trace,
« Et le nord magnétique oscille autour de lui,
« Indépendant du globe et n'ayant d'autre appui
« Que le centre du monde; à l'égal du pendule,

« Du levant au couchant, il avance ou recule,
« Et dévoile à nos yeux la mesure du temps
« Que le globe consacre à tourner en tous sens.
« Les révolutions de la terre et du monde
« Ont leurs temps indiqués en minute ou seconde,
« Par le nord magnétique ou l'écart qu'il décrit,
« Par rapport au nord vrai qu'il approche ou qu'il fuit;
« Il marche par seconde et met une journée
« Pour en parcourir une et dans toute l'année,
« Trois cent soixante-cinq, un degré dans dix ans,
« Dix degrés dans un ſiècle, et met autant de temps
« A parcourir sept fois le cercle entier qu'il trace,
« Que la mer, les saisons pour reprendre leur place.

« Chaque cycle du globe ou révolution
« Se lit sur la boussole en oscillation ;
« Elle indique le jour, elle indique l'année,
« Elle indique des ans la somme consacrée,
« Par le cours régulier des mers et des saisons,
« A recouvrir le sol sur tous les horizons ;
« Et cette somme d'ans, aux saisons nécessaire
« Pour faire avec les mers le contour de la terre,
« Est de vingt-cinq mille ans de deux siècles suivis,
« Pendant le cours desquels sept cycles sont décrits
« Par l'aiguille aimantée ou le nord magnétique.

« Sans doute que Moïse, en son œuvre biblique,
« Aux deux cycles décrits faisait allusion
« Quand il fit le récit de la Création.
« Ses termes sont concis; dans le feu qui l'entraîne
« A tracer à grands traits ces grands événemens,
« D'un cycle il fait un jour, de l'autre une semaine,
« Et comprend dans un jour trois mille six cents ans,
« Le septième du temps qu'admet l'astronomie
« Pour le cycle des mers et celui des saisons,
« Et le temps nécessaire à la géologie
« Pour le dépôt connu des neuf formations. »

A ces derniers accents succéda le silence
Et mon rêve fit place à la réalité.
Puissé-je avoir montré Moïse et la science
En parfaite harmonie avec la vérité!

# ARRIÈRE-PROPOS

Puissent ces arguments que la raison m'inspire
Soustraire la Genèse aux traits de la satire
Et valoir à l'auteur de ce livre sacré
Tout le degré de foi dont il fut inspiré !
Puissé-je voir un jour la cohorte savante
Qui siége à l'Institut, d'une voix éclatante,
Proclamer que Moïse est, après trois mille ans,
Resté le plus profond, le plus grand des savans !
Cet exemple d'en haut, profitant aux sophistes,
Leur serait une sage et profonde leçon,
Car Socrate voulait que les naturalistes
N'eussent jamais recours qu'à la saine raison.

# TABLE DES MATIÈRES

www.ingramcontent.com/pod-product-compliance
Ingram Content Group UK Ltd.
Pitfield, Milton Keynes, MK11 3LW, UK
UKHW022141260726
13993UKWH00005B/2071

9 782329 151007